MW01632373

Издательский дом «Проф-Пресс»
Ростов-на-Дону
2019

УДК 821.161.1-053.2
ББК 84(2Рос=Рус)6
Ч 88

Ч 88 **Корней Чуковский.** – Ростов-на-Дону: Издательский дом «Проф-Пресс», 2019. – 128 с., цв. ил. (серия «10 сказок малышам»).

УДК 821.161.1-053.2
ББК 84(2Рос=Рус)6

ISBN 978-5-378-01586-3

АЙБОЛИТ

1

Добрый доктор Айболит!
Он под деревом сидит.
Приходи к нему лечиться
И корова, и волчица,
И жучок, и червячок,
И медведица!

Всех излечит, исцелит
Добрый доктор Айболит!

2

И пришла к Айболиту лиса:
«Ой, меня укусила оса!»
И пришёл к Айболиту барбос:
«Меня курица клюнула в нос!»

И прибежала зайчиха
И закричала: «Ай, ай!
Мой зайчик попал под трамвай!
Мой зайчик, мой мальчик
Попал под трамвай!
Он бежал по дорожке,
И ему перерезало ножки,
И теперь он больной и хромой,
Маленький заинька мой!»

И сказал Айболит: «Не беда!
Подавай-ка его сюда!
Я пришью ему новые ножки,
Он опять побежит по дорожке».

И принесли к нему зайку,
Такого больного, хромого,
И доктор пришил ему ножки,
И заинька прыгает снова.
А с ним и зайчиха-мать
Тоже пошла танцевать.
И смеётся она и кричит:
«Ну, спасибо тебе, Айболит!»

3

Вдруг откуда-то шакал
На кобыле прискакал:
«Вот вам телеграмма
От Гиппопотама!»

«Приезжайте, доктор,
В Африку скорей
И спасите, доктор,
Наших малышей!»

«Что такое? Неужели
Ваши дети заболели?»

«Да-да-да! У них ангина,
Скарлатина, холерина,
Дифтерит, аппендицит,
Малярия и бронхит!

Приходите же скорее,
Добрый доктор Айболит!»

«Ладно, ладно, побегу.
Вашим детям помогу.
Только где же вы живёте?
На горе или в болоте?»

«Мы живём на Занзиба́ре,
В Калаха́ри и Сахаре,
На горе Фернандо-По́,
Где гуляет Гиппо-по́
По широкой Лимпопо́».

4

И встал Айболит, побежал Айболит.
По полям, по лесам, по лугам он бежит.
И одно только слово твердит Айболит:
«Лимпопо́, Лимпопо́, Лимпопо́!»

А в лицо ему ветер, и снег, и град:
«Эй, Айболит, воротися назад!»
И упал Айболит и лежит на снегу:
«Я дальше идти не могу».

И сейчас же к нему из-за ёлки
Выбегают мохнатые волки:
«Садись, Айболит, верхом,
Мы живо тебя довезём!»

И вперёд поскакал Айболит
И одно только слово твердит:
«Лимпопо́, Лимпопо́, Лимпопо́!»

5

Но вот перед ними море –
Бушует, шумит на просторе.
А в море высокая ходит волна,
Сейчас Айболита проглотит она.

«О, если я утону,
Если пойду я ко дну,
Что станется с ними, с больными,
С моими зверями лесными?»

Но тут выплывает кит:
«Садись на меня, Айболит,
И, как большой пароход,
Тебя повезу я вперёд!»

И сел на кита Айболит
И одно только слово твердит:
«Лимпопо́, Лимпопо́, Лимпопо́!»

6

И горы встают перед ним на пути,
И он по горам начинает ползти,
А горы всё выше, а горы всё круче,
А горы уходят под самые тучи!

«О, если я не дойду,
Если в пути пропаду,
Что станется с ними, с больными,
С моими зверями лесными?»

И сейчас же с высокой скалы
К Айболиту слетели орлы:
«Садись, Айболит, верхом,
Мы живо тебя довезём!»

И сел на орла Айболит
И одно только слово твердит:
«Лимпопо́, Лимпопо́, Лимпопо́!»

7
А в Африке,
А в Африке,
На чёрной
Лимпопо́,
Сидит и плачет
В Африке
Печальный Гиппопо́.
Он в Африке, он в Африке
Под пальмою сидит
И на́ море из Африки
Без отдыха глядит:
Не едет ли в кораблике
Доктор Айболит?

И рыщут по дороге
Слоны и носороги
И говорят сердито:
«Что ж нету Айболита?»

А рядом бегемотики
Схватились за животики:
У них, у бегемотиков,
Животики болят.

И тут же страусята
Визжат, как поросята.
Ах, жалко, жалко, жалко
Бедных страусят!

И корь, и дифтерит у них,
И оспа, и бронхит у них,
И голова болит у них,
И горлышко болит.

Они лежат и бредят:
«Ну что же он не едет,
Ну что же он не едет,
Доктор Айболит?»

А рядом прикорнула
Зубастая акула,
Зубастая акула
На солнышке лежит.
Ах, у её малюток,
У бедных акулят,
Уже двенадцать суток
Зубки болят!

И вывихнуто плечико
У бедного кузнечика;
Не прыгает, не скачет он,
А горько-горько плачет он
И доктора зовёт:
«О, где же добрый доктор?
Когда же он придёт?»

8

Но вот, поглядите, какая-то птица
Всё ближе и ближе по воздуху мчится.
На птице, глядите, сидит Айболит
И шляпою машет и громко кричит:
«Да здравствует милая Африка!»

И рада и счастлива вся детвора:
«Приехал, приехал! Ура! Ура!»

А птица над ними кружится,
А птица на землю садится.
И бежит Айболит к бегемотикам,
И хлопает их по животикам,
И всем по порядку
Даёт шоколадку,
И ставит и ставит им градусники!

И к полосатым
Бежит он тигрятам,
И к бедным горбатым
Больным верблюжатам,
И каждого гоголем,
Каждого моголем,
Гоголем-моголем,
Гоголем-моголем,
Гоголем-моголем потчует.

Десять ночей Айболит
Не ест, не пьёт и не спит,
Десять ночей подряд
Он лечит несчастных зверят
И ставит и ставит им градусники.

9

Вот и вылечил он их,
Лимпопо́!
Вот и вылечил больных,
Лимпопо́!
И пошли они смеяться,
Лимпопо́!
И плясать и баловаться,
Лимпопо́!

И акула Каракула
Правым глазом подмигнула
И хохочет, и хохочет,
Будто кто её щекочет.

А малютки бегемотики
Ухватились за животики
И смеются, заливаются –
Так что ду́бы сотрясаются.

Вот и Гиппо, вот и По́по,
Гиппо-по́по, Гиппо-по́по!
Вот идёт Гиппопотам.
Он идёт от Занзибара,
Он идёт к Килиманджаро –
И кричит он, и поёт он:
«Слава, слава Айболиту!
Слава добрым докторам!»

БАРМАЛЕЙ

ЧАСТЬ ПЕРВАЯ

Маленькие дети!
Ни за что на свете
Не ходите в Африку,
В Африку гулять!
В Африке акулы,
В Африке гориллы,
В Африке большие
Злые крокодилы
Будут вас кусать,
Бить и обижать, –
Не ходите, дети,
В Африку гулять.

В Африке разбойник,
В Африке злодей,
В Африке ужасный
Бар-ма-лей!
Он бегает по Африке
И кушает детей –
Гадкий, нехороший, жадный Бармалей!

И папочка и мамочка
Под деревом сидят,
И папочка и мамочка
Детям говорят:

«Африка ужасна,
Да-да-да!
Африка опасна,
Да-да-да!
Не ходите в Африку,
Дети, никогда!»

Но папочка и мамочка уснули вечерком,
А Танечка и Ванечка – в Африку бегом, –
В Африку!
В Африку!

Вдоль по Африке гуляют,
Фиги-финики срывают, –
Ну и Африка!
Вот так Африка!

Оседлали носорога,
Покаталися немного, –
Ну и Африка!
Вот так Африка!

Со слонами на ходу
Поиграли в чехарду, –
Ну и Африка!
Вот так Африка!

Выходила к ним горилла,
Им горилла говорила,
Говорила им горилла,
Приговаривала:

«Вон акула Каракула
Распахнула злую пасть.
Вы к акуле Каракуле
Не хотите ли попасть
Прямо в па-асть?»

«Нам акула Каракула
Нипочём, нипочём,
Мы акулу Каракулу
Кирпичом, кирпичом,
Мы акулу Каракулу
Кулаком, кулаком!
Мы акулу Каракулу
Каблуком, каблуком!»

Испугалася акула
И со страху утонула, –
Поделом тебе, акула, поделом!

Но вот по болотам огромный
Идёт и ревёт бегемот,
Он идёт, он идёт по болотам
И громко и грозно ревёт.

А Таня и Ваня хохочут,
Бегемотово брюхо щекочут:
«Ну и брюхо,
Что за брюхо –
Замечательное!»

Не стерпел такой обиды
Бегемот,
Убежал за пирамиды
И ревёт,
Бармалея, Бармалея
Громким голосом
Зовёт:

«Бармалей, Бармалей, Бармалей!
Выходи, Бармалей, поскорей!
Этих гадких детей, Бармалей,
Не жалей, Бармалей, не жалей!»

ЧАСТЬ ВТОРАЯ

Таня-Ваня задрожали –
Бармалея увидали.
Он по Африке идёт,
На всю Африку поёт:

«Я кровожадный,
Я беспощадный,
Я злой разбойник Бармалей!
И мне не надо
Ни мармелада,
Ни шоколада,
А только маленьких
(Да, очень маленьких!)
Детей!»

Он страшными глазами сверкает,
Он страшными зубами стучит,
Он страшный костёр зажигает,
Он страшное слово кричит:
«Карабас! Карабас!
Пообедаю сейчас!»

Дети плачут и рыдают,
Бармалея умоляют:

«Милый, милый Бармалей,
Смилуйся над нами,
Отпусти нас поскорей
К нашей милой маме!

Мы от мамы убегать
Никогда не будем
И по Африке гулять
Навсегда забудем!

Милый, милый людоед,
Смилуйся над нами,
Мы дадим тебе конфет,
Чаю с сухарями!»

Но ответил людоед:
«Не-е-ет!!!»

И сказала Таня Ване:
«Посмотри, в аэроплане
Кто-то по́ небу летит.
Это доктор, это доктор,
Добрый доктор Айболит!»

Айболит

Добрый доктор Айболит
К Тане-Ване подбегает,
Таню-Ваню обнимает
И злодею Бармалею,
Улыбаясь, говорит:

«Ну, пожалуйста, мой милый,
Мой любезный Бармалей,
Развяжите, отпустите
Этих маленьких детей!»

Но злодей Айболита хватает
И в костёр Айболита бросает.
И горит, и кричит Айболит:
«Ай, болит! Ай, болит! Ай, болит!»

А бедные дети под пальмой лежат,
На Бармалея глядят
И плачут, и плачут, и плачут!

ЧАСТЬ ТРЕТЬЯ

Но вот из-за Нила
Горилла идёт,
Горилла идёт,
Крокодила ведёт!

Добрый доктор Айболит
Крокодилу говорит:
«Ну, пожалуйста, скорее
Проглотите Бармалея,
Чтобы жадный Бармалей
Не хватал бы,
Не глотал бы
Этих маленьких детей!»

Повернулся,
Улыбнулся,
Засмеялся
Крокодил
И злодея
Бармалея,
Словно муху,
Проглотил!

Рада, рада, рада, рада детвора,
Заплясала, заиграла у костра:
«Ты нас,
Ты нас
От смерти спас,
Ты нас освободил.
Ты в добрый час
Увидел нас,
О добрый
Крокодил!»

Но в животе у Крокодила
Темно, и тесно, и уныло,
И в животе у Крокодила
Рыдает, плачет Бармалей:
«О, я буду добрей,
Полюблю я детей!
Не губите меня!
Пощадите меня!
О, я буду, я буду, я буду добрей!»

Пожалели дети Бармалея,
Крокодилу дети говорят:
«Если он и вправду сделался добрее,
Отпусти его, пожалуйста, назад!
Мы возьмём с собою Бармалея,
Увезём в далёкий Ленинград!»

Крокодил головою кивает,
Широкую пасть разевает, –
И оттуда, улыбаясь, вылетает Бармалей,
А лицо у Бармалея и добрее и милей:
«Как я рад, как я рад,
Что поеду в Ленинград!»

Пляшет, пляшет Бармалей, Бармалей!
«Буду, буду я добрей, да, добрей!
Напеку я для детей, для детей
Пирогов и кренделей, кренделей!
По базарам, по базарам буду, буду я гулять!
Буду даром, буду даром пироги я раздавать,
Кренделями, калачами ребятишек угощать.

А для Ванечки
И для Танечки
Будут, будут у меня
Мятны прянички!
Пряник мятный,
Ароматный,
Удивительно приятный,
Приходите, получите,
Ни копейки не платите,
Потому что Бармалей
Любит маленьких детей,
Любит, любит, любит, любит,
Любит маленьких детей!»

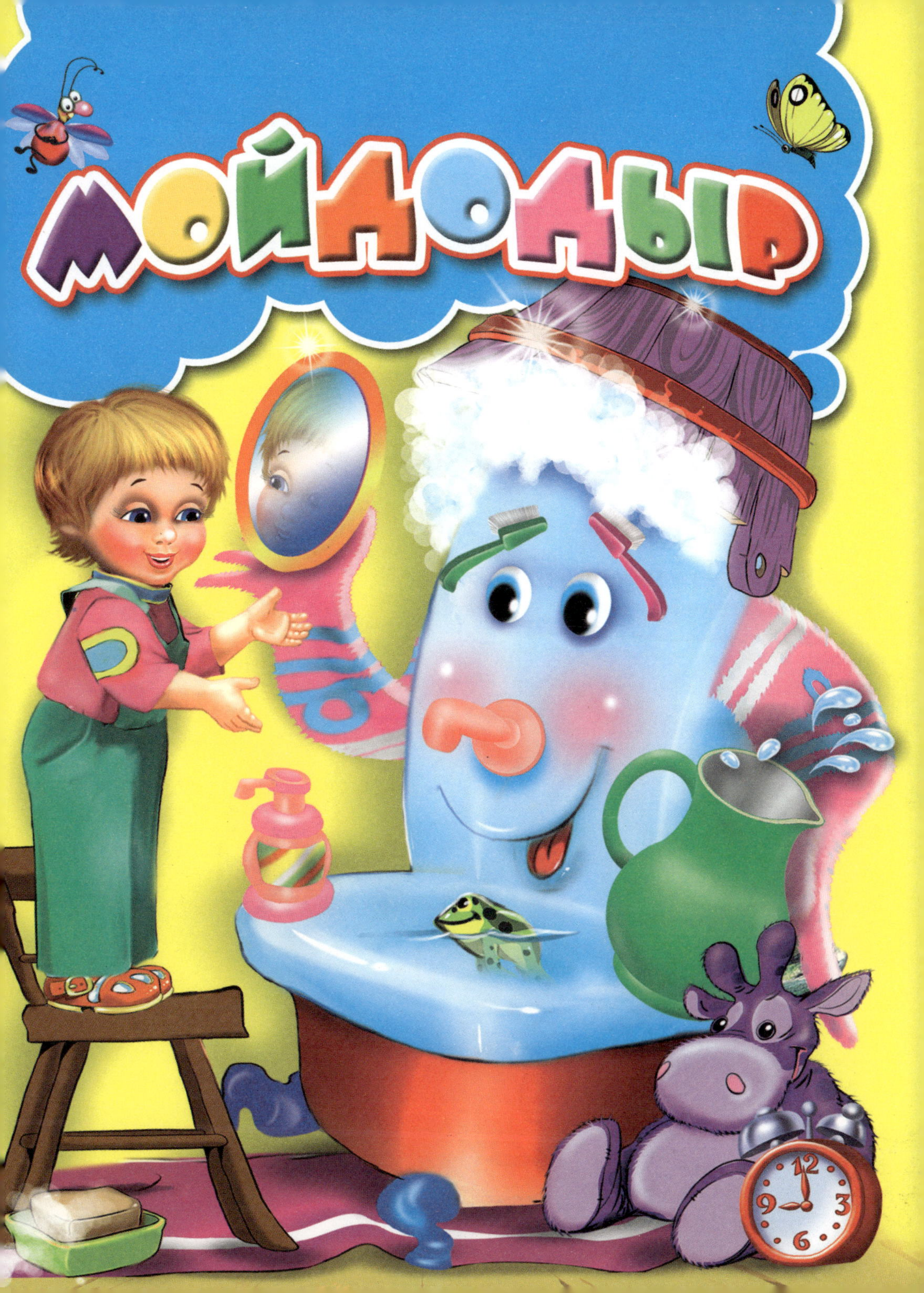
МОЙДОДЫР

Одеяло
Убежало,
Улетела простыня,
И подушка,
Как лягушка,
Ускакала от меня.

Я за свечку,
Свечка – в печку!
Я за книжку,
Та – бежать
И вприпрыжку
Под кровать!

Я хочу напиться чаю,
К самовару подбегаю,
Но пузатый от меня
Убежал, как от огня.

Боже, Боже,
Что случилось?
Отчего же
Всё кругом
Завертелось,
Закружилось
И помчалось колесом?

Утюги
за
сапогами,
Сапоги
за
пирогами,
Пироги
за
утюгами,
Кочерга
за
кушаком –
Всё верти́тся,
И кружится,
И несётся кувырком.

Вдруг из маминой из спальни,
Кривоногий и хромой,
Выбегает умывальник
И качает головой:

«Ах ты, гадкий, ах ты, грязный,
Неумытый поросёнок!
Ты чернее трубочиста,
Полюбуйся на себя:
У тебя на шее вакса,
У тебя под носом клякса,
У тебя такие руки,
Что сбежали даже брюки,
Даже брюки, даже брюки
Убежали от тебя.

Рано утром на рассвете
Умываются мышата,
И котята, и утята,
И жучки, и паучки.

Ты один не умывался
И грязнулею остался,
И сбежали от грязнули
И чулки и башмаки.

Я – Великий Умывальник,
Знаменитый Мойдодыр,
Умывальников Начальник
И мочалок Командир!
Если топну я ногою,
Позову моих солдат,
В эту комнату толпою
Умывальники влетят,
И залают, и завоют,
И ногами застучат,
И тебе головомойку,
Неумытому, дадут –
Прямо в Мойку,
Прямо в Мойку
С головою окунут!»

Он ударил в медный таз
И вскричал: «Кара-барас!»

И сейчас же щётки, щётки
Затрещали, как трещотки,
И давай меня тереть,
Приговаривать:

«Моем, моем трубочиста
Чисто, чисто, чисто, чисто!
Будет, будет трубочист
Чист, чист, чист, чист!»

Тут и мыло подскочило
И вцепилось в волоса,
И юлило, и мыли́ло,
И кусало, как оса.

А от бешеной мочалки
Я помчался, как от палки,
А она за мной, за мной
По Садовой, по Сенной.

Я к Таврическому саду,
Перепрыгнул чрез ограду,
А она за мною мчится
И кусает, как волчица.

Вдруг навстречу мой хороший,
Мой любимый Крокодил.
Он с Тотошей и Кокошей
По аллее проходил
И мочалку, словно галку,
Словно галку, проглотил.

А потом как зарычит
    На меня,
Как ногами застучит
    На меня:
«Уходи-ка ты домой,
    Говорит,
Да лицо своё умой,
    Говорит,
А не то как налечу,
    Говорит,
Растопчу и проглочу! –
    Говорит».

Как пустился я по улице бежать,
Прибежал я к умывальнику опять,
Мылом, мылом,
Мылом, мылом
Умывался без конца.
Смыл и ваксу
И чернила
С неумытого лица.

И сейчас же брюки, брюки
Так и прыгнули мне в руки.

А за ними пирожок:
«Ну-ка, съешь меня, дружок!»

А за ним и бутерброд:
Подскочил – и прямо в рот!

Вот и книжка воротилась,
Воротилася тетрадь,
И грамматика пустилась
С арифметикой плясать.

Тут великий Умывальник,
Знаменитый Мойдодыр,
Умывальников Начальник
И мочалок Командир,
Подбежал ко мне, танцуя,
И, целуя, говорил:

«Вот теперь тебя люблю я,
Вот теперь тебя хвалю я!
Наконец-то ты, грязнуля,
Мойдодыру угодил!»

Надо, надо умываться
По утрам и вечерам,

А нечистым
Трубочистам –
Стыд и срам!
Стыд и срам!

Да здравствует мыло душистое,
И полотенце пушистое,
И зубной порошок,
И густой гребешок!

Давайте же мыться, плескаться,
Купаться, нырять, кувыркаться
В ушате, в корыте, в лохани,
В реке, в ручейке, в океане,
И в ванне, и в бане,
Всегда и везде –
Вечная слава воде!

Муха-
Цокотуха

Муха, Муха-Цокотуха,
Позолоченное брюхо!

Муха по́ полю пошла,
Муха денежку нашла.

Пошла Муха на базар
И купила самовар:

«Приходите, тараканы,
Я вас чаем угощу!»

Тараканы прибегали,
Все стаканы выпивали,

А букашки –
По три чашки
С молоком
И крендельком:
Нынче Муха-Цокотуха
Именинница!

Приходили к Мухе блошки,
Приносили ей сапожки,

А сапожки не простые –
В них застёжки золотые.

Приходила к Мухе
Бабушка-пчела.
Мухе-Цокотухе
Мёду принесла...

«Бабочка-красавица,
Кушайте варенье!
Или вам не нравится
Наше угощенье?»

Вдруг какой-то старичок
Паучок
Нашу Муху в уголок
Поволок –
Хочет бедную убить,
Цокотуху погубить!

«Дорогие гости, помогите!
Паука-злодея зарубите!
И кормила я вас,
И поила я вас,
Не покиньте меня
В мой последний час!»

Но жуки-червяки
Испугалися,
По углам, по щелям
Разбежалися:
Тараканы
Под диваны,
А козявочки
Под лавочки,

А букашки под кровать –
Не желают воевать!
И никто даже с места
Не сдвинется:
Пропадай-погибай,
Именинница!

А кузнечик, а кузнечик,
Ну, совсем как человечек,
Скок, скок, скок, скок!
За кусток,
Под мосток
И молчок!

А злодей-то не шутит,
Руки-ноги он Мухе верёвками крутит,
Зубы острые в самое сердце вонзает
И кровь у неё выпивает.

Муха криком кричит,
Надрывается,
А злодей молчит,
Ухмыляется.

Вдруг откуда-то летит
Маленький Комарик,
И в руке его горит
Маленький фонарик.

«Где убийца? Где злодей?
Не боюсь его когтей!»

Подлетает к Пауку,
Саблю вынимает
И ему на всём скаку
Голову срубает!

Муху за руку берёт
И к окошечку ведёт:
«Я злодея зарубил,
Я тебя освободил
И теперь, душа-девица,
На тебе хочу жениться!»

Тут букашки и козявки
Выползают из-под лавки:
«Слава, слава Комару –
Победителю!»

Прибегали светляки,
Зажигали огоньки –
То-то стало весело,
То-то хорошо!

Эй, сороконожки,
Бегите по дорожке,
Зовите музыкантов,
Будем танцевать!

Музыканты прибежали,
В барабаны застучали.
Бом! бом! бом! бом!
Пляшет Муха с Комаром.

А за нею Клоп, Клоп
Сапогами топ, топ!

Козявочки с червяками,
Букашечки с мотыльками.
А жуки рогатые,
Мужики богатые,
Шапочками машут,
С бабочками пляшут.

Тара-ра, тара-ра,
Заплясала мошкара.

Веселится народ –
Муха замуж идёт
За лихого, удалого,
Молодого Комара!

Муравей, Муравей!
Не жалеет лаптей, –
С Муравьихою попрыгивает
И букашечкам подмигивает:

«Вы букашечки,
Вы милашечки,
Тара-тара-тара-тара-
таракашечки!»

Сапоги скрипят,
Каблуки стучат, –
Будет, будет мошкара
Веселиться до утра:
Нынче Муха-Цокотуха
Именинница!

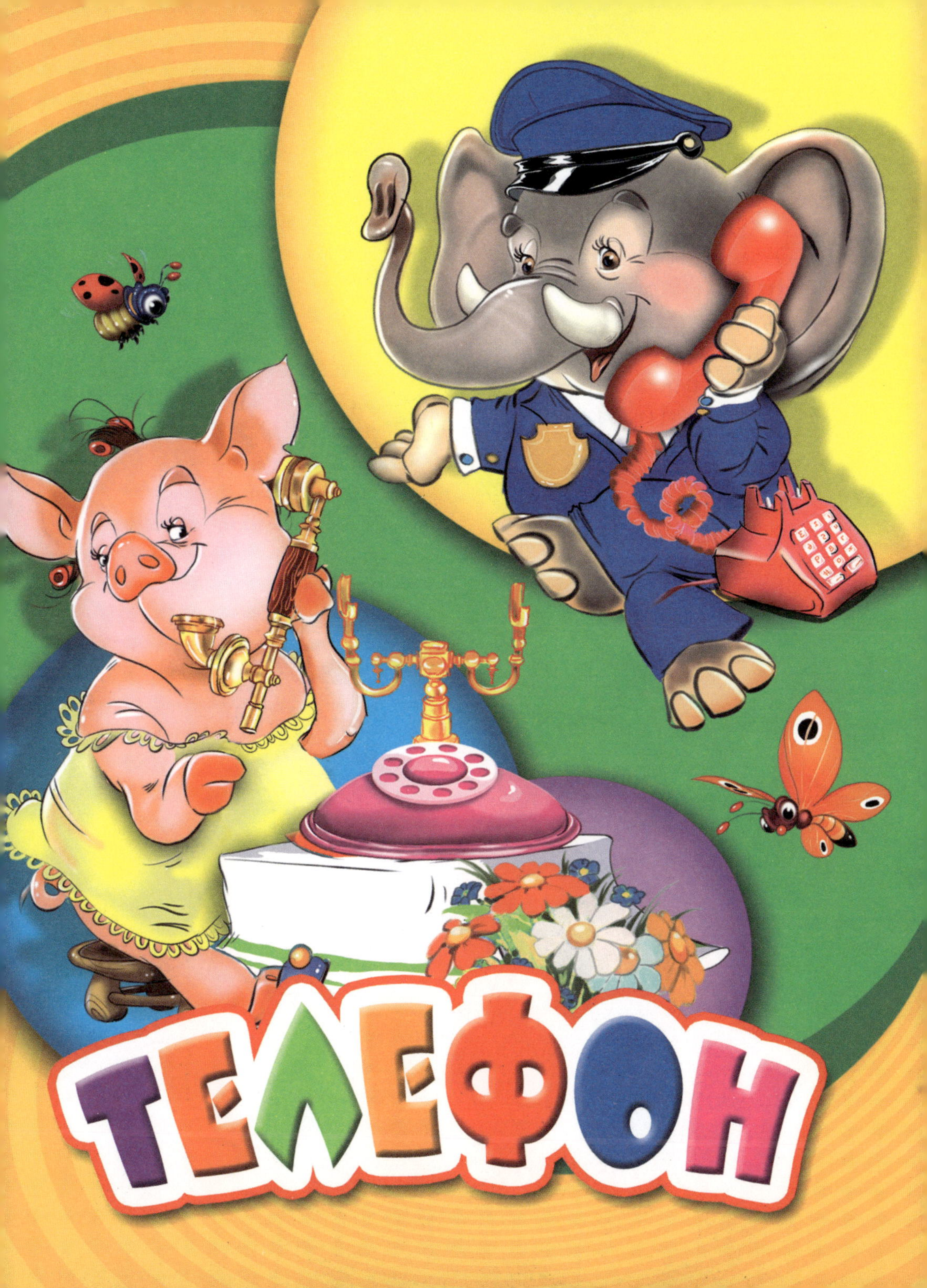
ТЕЛЕФОН

1

У меня зазвонил телефон.
– Кто говорит?
– Слон.
– Откуда?
– От верблюда.
– Что вам надо?
– Шоколада.
– Для кого?
– Для сына моего.
– А много ли прислать?
– Да пудов этак пять
Или шесть:
Больше ему не съесть,
Он у меня ещё маленький!

2

А потом позвонил
Крокодил
И со слезами просил:
– Мой милый, хороший,
Пришли мне калоши,
И мне, и жене, и Тотоше.

– Постой, не тебе ли
На прошлой неделе
Я выслал две пары
Отличных калош?

– Ах, те, что ты выслал
На прошлой неделе,
Мы давно уже съели
И ждём не дождёмся,
Когда же ты снова пришлёшь
К нашему ужину
Дюжину
Новых и сладких калош!

3

А потом позвонили зайчатки:
– Нельзя ли прислать перчатки?

А потом позвонили мартышки:
– Пришлите, пожалуйста, книжки!

4

А потом позвонил медведь
Да как начал, как начал реветь.

– Погодите, медведь, не ревите,
Объясните, чего вы хотите?

Но он только «му» да «му»,
А к чему, почему –
Не пойму!

– Повесьте, пожалуйста, трубку!

5

А потом позвонили цапли:
– Пришлите, пожалуйста, капли:
Мы лягушками нынче объелись,
И у нас животы разболелись!

6

А потом позвонила свинья:
– Нельзя ли прислать соловья?
Мы сегодня вдвоём
С соловьём
Чудесную песню
Споём.
– Нет, нет! Соловей
Не поёт для свиней!
Позови-ка ты лучше ворону!

7

И снова медведь:
– О, спасите моржа!
Вчера проглотил он морского ежа!

8

И такая дребедень
Целый день:
Динь-ди-лень,
Динь-ди-лень,
Динь-ди-лень!
То тюлень позвонит, то олень.

А недавно две газели
позвонили и запели:
– Неужели
В самом деле
Все сгорели
Карусели?

– Ах, в уме ли вы, газели?
Не сгорели карусели,
И качели уцелели!
Вы б, газели, не галдели,
А на будущей неделе
Прискакали бы и сели
На качели-карусели!

Но не слушали газели
И по-прежнему галдели:
– Неужели
В самом деле
Все качели
Погорели?

Что за глупые газели!

9

А вчера поутру
Кенгуру:
– Не это ли квартира
Мойдодыра?

Я рассердился да как заору:
– Нет! Это чужая квартира!!!
– А где Мойдодыр?
– Не могу вам сказать…
Позвоните по номеру
Сто двадцать пять.

10

Я три ночи не спал,
Я устал.
Мне бы заснуть,
Отдохнуть…
Но только я лёг –
Звонок!
– Кто говорит?
– Носорог.
– Что такое?
– Беда! Беда!
Бегите скорее сюда!
– В чём дело?
– Спасите!
– Кого?
– Бегемота!

Наш бегемот провалился в болото...
– Провалился в болото?!
– Да!
И ни туда, ни сюда!
О, если вы не придёте, –
Он утонет, утонет в болоте,
Умрёт, пропадёт
Бегемот!!!

– Ладно! Бегу! Бегу!
Если могу, помогу!

11

Ох, нелёгкая это работа –
Из болота тащить бегемота!

ТАРАКАНИЩЕ

Часть первая

Ехали медведи
На велосипеде.

А за ними кот
Задом наперёд.

А за ним комарики
На воздушном шарике.

А за ними раки
На хромой собаке.

Волки на кобыле.
Львы в автомобиле.

Зайчики
В трамвайчике.

Жаба на метле...

Едут и смеются,
Пряники жуют.

Вдруг из подворотни
Страшный великан,
Рыжий и усатый
Та-ра-кан!
Таракан, Таракан, Тараканище!

Он рычит, и кричит,
И усами шевелит:
«Погодите, не спешите,
Я вас мигом проглочу!
Проглочу, проглочу, не помилую».

Звери задрожали,
В обморок упали.

Волки от испуга
Скушали друг друга.

Бедный крокодил
Жабу проглотил.

А слониха, вся дрожа,
Так и села на ежа.

Только раки-забияки
Не боятся бою-драки;
Хоть и пятятся назад,
Но усами шевелят
И кричат великану усатому:

«Не кричи и не рычи,
Мы и сами усачи,
Можем мы и сами
Шевелить усами!»
И назад ещё дальше попятились.

И сказал Гиппопотам
Крокодилам и китам:

«Кто злодея не боится
И с чудовищем сразится,
Я тому богатырю
Двух лягушек подарю
И еловую шишку пожалую!»

«Не боимся мы его,
Великана твоего:
Мы зубами,
Мы клыками,
Мы копытами его!»

И весёлою гурьбой
Звери кинулися в бой.

Но, увидев усача
(Ай-ай-ай!),
Звери дали стрекача
(Ай-ай-ай!).

По лесам, по полям разбежалися:
Тараканьих усов испугалися.

И вскричал Гиппопотам:
«Что за стыд, что за срам!
Эй, быки и носороги,
Выходите из берлоги
И врага
На рога
Поднимите-ка!»

Но быки и носороги
Отвечают из берлоги:
«Мы врага бы
На рога бы,
Только шкура дорога,
И рога нынче тоже не дёшевы».

И сидят и дрожат под кусточками,
За болотными прячутся кочками.

Крокодилы в крапиву забилися,
И в канаве слоны схоронилися.

Только и слышно, как зубы стучат,
Только и видно, как уши дрожат.

А лихие обезьяны
Подхватили чемоданы
И скорее со всех ног
Наутёк.

И акула
Увильнула,
Только хвостиком махнула.

А за нею каракатица –
Так и пятится,
Так и катится.

Часть вторая

Вот и стал Таракан победителем,
И лесов и полей повелителем.
Покорилися звери усатому
(Чтоб ему провалиться, проклятому!).
А он между ними похаживает,
Золочёное брюхо поглаживает:
«Принесите-ка мне, звери, ваших детушек,
Я сегодня их за ужином скушаю!»

Бедные, бедные звери!
Воют, рыдают, ревут!
В каждой берлоге
И в каждой пещере
Злого обжору клянут.

Да и какая же мать
Согласится отдать
Своего дорогого ребёнка –
Медвежонка, волчонка, слонёнка, –
Чтобы несытое чучело
Бедную крошку замучило!

Плачут они, убиваются,
С малышами навеки прощаются.

Но однажды поутру
Прискакала кенгуру,
Увидала усача,
Закричала сгоряча:
«Разве это великан?
(Ха-ха-ха!)
Это просто таракан!
(Ха-ха-ха!)

Таракан, таракан, таракашечка,
Жидконогая козявочка-букашечка.
И не стыдно вам?
Не обидно вам?
Вы – зубастые,
Вы – клыкастые,
А малявочке
Поклонилися,
А козявочке
Покорилися!»

Испугались бегемоты,
Зашептали: «Что ты, что ты!
Уходи-ка ты отсюда!
Как бы не было нам худа!»

Только вдруг из-за кусточка,
Из-за синего лесочка,
Из далёких из полей
Прилетает Воробей.
Прыг да прыг
Да чик-чирик,
Чики-рики-чик-чирик!

Взял и клюнул Таракана –
Вот и нету великана.
Поделом великану досталося,
И усов от него не осталося.

То-то рада, то-то рада
Вся звериная семья,
Прославляют, поздравляют
Удалого Воробья!

Ослы ему славу по нотам поют,
Козлы бородою дорогу метут,
Бараны, бараны
Стучат в барабаны!
Сычи-трубачи
Трубят!

Грачи с каланчи
Кричат!
Летучие мыши
На крыше
Платочками машут
И пляшут.

А слониха-щеголиха
Так отплясывает лихо,
Что румяная луна
В небе задрожала
И на бедного слона
Кубарем упала.

Вот была потом забота –
За луной нырять в болото
И гвоздями к небесам приколачивать!

ФЕДОРИНО
ГОРЕ

1

Скачет сито по полям,
А корыто по лугам.

За лопатою метла
Вдоль по улице пошла.

Топоры-то, топоры
Так и сыплются с горы.
Испугалася коза,
Растопырила глаза:

«Что такое? Почему?
Ничего я не пойму».

2

Но, как чёрная железная нога,
Побежала, поскакала кочерга.
И помчалися по улице ножи:
«Эй, держи, держи, держи, держи, держи!»

И кастрюля на бегу
Закричала утюгу:
«Я бегу, бегу, бегу,
Удержаться не могу!»

Вот и чайник за кофейником бежит,
Тараторит, тараторит, дребезжит...

Утюги бегут покрякивают,
Через лужи, через лужи перескакивают.

А за ними блюдца, блюдца –
Дзынь-ля-ля! Дзынь-ля-ля!
Вдоль по улице несутся –
Дзынь-ля-ля! Дзынь-ля-ля!
На стаканы – дзынь! – натыкаются,
И стаканы – дзынь! – разбиваются.

И бежит, бренчит, стучит сковорода:
«Вы куда? куда? куда? куда? куда?»

А за нею вилки,
Рюмки да бутылки,
Чашки да ложки
Скачут по дорожке.

Из окошка вывалился стол
И пошёл, пошёл, пошёл, пошёл, пошёл...

А на нём, а на нём,
Как на лошади верхом,
Самоварище сидит
И товарищам кричит:
«Уходите, бегите, спасайтеся!»

И в железную трубу:
«Бу-бу-бу! Бу-бу-бу!»

3

А за ними вдоль забора
Скачет бабушка Федора:
«Ой-ой-ой! Ой-ой-ой!
Воротитеся домой!»

Но ответило корыто:
«На Федору я сердито!»
И сказала кочерга:
«Я Федоре не слуга!»

А фарфоровые блюдца
Над Федорою смеются:
«Никогда мы, никогда
Не воротимся сюда!»

Тут Федорины коты
Расфуфырили хвосты,
Побежали во всю прыть,
Чтоб посуду воротить:

«Эй вы, глупые тарелки,
Что вы скачете, как белки?
Вам ли бегать за воротами
С воробьями желторотыми?
Вы в канаву упадёте,
Вы утонете в болоте.
Не ходите, погодите,
Воротитеся домой!»

Но тарелки вьются-вьются,
А Федоре не даются:
«Лучше в поле пропадём,
А к Федоре не пойдём!»

4

Мимо курица бежала
И посуду увидала:
«Куд-куда! Куд-куда!
Вы откуда и куда?!»

И ответила посуда:
«Было нам у бабы худо,
Не любила нас она,
Била, била нас она,
Запылила, закоптила,
Загубила нас она!»

«Ко-ко-ко! Ко-ко-ко!
Жить вам было нелегко!»

«Да, – промолвил медный таз, –
Погляди-ка ты на нас:
Мы поломаны, побиты,
Мы помоями облиты.
Загляни-ка ты в кадушку –
И увидишь там лягушку.
Загляни-ка ты в ушат –
Тараканы там кишат,
Оттого-то мы от бабы
Убежали, как от жабы,
И гуляем по полям,
По болотам, по лугам,
А к неряхе-замарахе
Не воротимся!»

5

И они побежали лесочком,
Поскакали по пням и по кочкам.
А бедная баба одна,
И плачет, и плачет она.
Села бы баба за стол,
Да стол за ворота ушёл.
Сварила бы баба щи,
Да кастрюлю поди поищи!
И чашки ушли, и стаканы,
Остались одни тараканы.
Ой, горе Федоре,
Горе!

6

А посуда вперёд и вперёд
По полям, по болотам идёт.

И чайник шепнул утюгу:
«Я дальше идти не могу».

И заплакали блюдца:
«Не лучше ль вернуться?»

И зарыдало корыто:
«Увы, я разбито, разбито!»

Но блюдо сказало: «Гляди,
Кто это там позади?»

И видят: за ними из тёмного бора
Идёт-ковыляет Федора.

Но чудо случилося с ней:
Стала Федора добрей.
Тихо за ними идёт
И тихую песню поёт:

«Ой вы, бедные сиротки мои,
Утюги и сковородки мои!
Вы подите-ка, немытые, домой,
Я водою вас умою ключевой.
Я почищу вас песочком,
Окачу вас кипяточком,
И вы будете опять,
Словно солнышко, сиять,
А поганых тараканов я повыведу,
Прусаков и пауков я повымету!»

И сказала скалка:
«Мне Федору жалко».

И сказала чашка:
«Ах, она бедняжка!»

И сказали блюдца:
«Надо бы вернуться!»

И сказали утюги:
«Мы Федоре не враги!»

7

Долго, долго целовала
И ласкала их она,
Поливала, умывала,
Полоскала их она.

«Уж не буду, уж не буду
Я посуду обижать,
Буду, буду я посуду
И любить и уважать!»

Засмеялися кастрюли,
Самовару подмигнули:
«Ну, Федора, так и быть,
Рады мы тебя простить!»

Полетели,
Зазвенели
Да к Федоре прямо в печь!
Стали жарить, стали печь, –
Будут, будут у Федоры и блины и пироги!

А метла-то, а метла – весела –
Заплясала, заиграла, замела,
Ни пылинки у Федоры не оставила.

И обрадовались блюдца:
Дзынь-ля-ля! Дзынь-ля-ля!
И танцуют и смеются –
Дзынь-ля-ля! Дзынь-ля-ля!

А на белой табуреточке
Да на вышитой салфеточке
Самовар стоит,
Словно жар горит,
И пыхтит, и на бабу поглядывает:
«Я Федорушку прощаю,
Сладким чаем угощаю.
Кушай, кушай, Федора Егоровна!»

КРАДЕНОЕ
СОЛНЦЕ

Солнце по́ небу гуляло
И за тучу забежало.
Глянул заинька в окно,
Стало заиньке темно.

А сороки-
Белобоки
Поскакали по полям,
Закричали журавлям:
«Горе! Горе! Крокодил
Солнце в небе проглотил!»

Наступила темнота,
Не ходи за ворота́:
Кто на улицу попал –
Заблудился и пропал.

Плачет серый воробей:
«Выйди, солнышко, скорей!
Нам без солнышка обидно –
В поле зёрнышка не видно!»

Плачут зайки
На лужайке:
Сбились, бедные, с пути,
Им до дому не дойти.

Только раки пучеглазые
По земле во мраке лазают,
Да в овраге за горою
Волки бешеные воют.

Рано-рано
Два барана
Застучали в воро́та:
Тра-та-та и тра-та-та!

«Эй вы, звери, выходите,
Крокодила победите,
Чтобы жадный Крокодил
Солнце в небо воротил!»

Но мохнатые боятся:
«Где нам с этаким сражаться!
Он и грозен и зубаст,
Он нам солнца не отдаст!»

И бегут они к Медведю в берлогу:
«Выходи-ка ты, Медведь, на подмогу
Полно лапу тебе, лодырю, сосать,
Надо солнышко идти выручать!»

Но Медведю воевать неохота:
Ходит-ходит он, Медведь, круг болота,
Он и плачет, Медведь, и ревёт,
Медвежат он из болота зовёт:

«Ой, куда вы, толстопятые, сгинули?
На кого вы меня, старого, кинули?»

А в болоте Медведица рыщет,
Медвежат под корягами ищет:
«Куда вы, куда вы пропали?
Или в канаву упали?
Или шальные собаки
Вас разорвали во мраке?»

И весь день она по́ лесу бродит,
Но нигде медвежат не находит.
Только чёрные совы из чащи
На неё свои очи таращат.

Тут Зайчиха выходила
И Медведю говорила:
«Стыдно старому реветь –
Ты не заяц, а Медведь.
Ты поди-ка, косолапый,
Крокодила исцарапай,
Разорви его на части,
Вырви солнышко из пасти.

И когда оно опять
Будет на́ небе сиять,
Малыши твои мохнатые,
Медвежата толстопятые,
Сами к дому прибегут:
«Здравствуй, дедушка, мы тут!»

И встал
Медведь,
Зарычал
Медведь,
И к Большой Реке
Побежал
Медведь.

А в Большой Реке
Крокодил
Лежит,
И в зубах его
Не огонь горит, –
Солнце красное,
Солнце краденое.

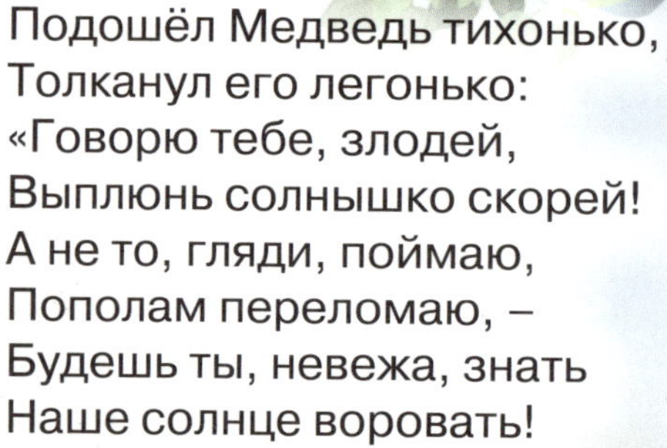

Подошёл Медведь тихонько,
Толканул его легонько:
«Говорю тебе, злодей,
Выплюнь солнышко скорей!
А не то, гляди, поймаю,
Пополам переломаю, –
Будешь ты, невежа, знать
Наше солнце воровать!

Ишь разбойничья порода:
Цапнул солнце с небосвода
И с набитым животом
Завалился под кустом
Да и хрюкает спросонья,
Словно сытая хавронья.
Пропадает целый свет,
А ему и горя нет!»

Но бессовестный смеётся
Так, что дерево трясётся:
«Если только захочу,
И луну я проглочу!»

Не стерпел
Медведь,
Заревел
Медведь,
И на злого врага
Налетел
Медведь.

Уж он мял его
И ломал его:
«Подавай сюда
Наше солнышко!»

Испугался Крокодил,
Завопил, заголосил,
А из пасти
Из зубастой
Солнце вы́валилось,
В небо вы́катилось!
Побежало по кустам,
По берёзовым листам.

Здравствуй, солнце золотое!
Здравствуй, небо голубое!

Стали пташки щебетать,
За букашками летать.

Стали зайки
На лужайке
Кувыркаться и скакать.

И глядите: медвежата,
Как весёлые котята,
Прямо к дедушке мохнатому,
Толстопятые, бегут:
«Здравствуй, дедушка, мы тут!»

Рады зайчики и белочки,
Рады мальчики и девочки,
Обнимают и целуют косолапого:
«Ну, спасибо тебе, дедушка, за солнышко!»

ПУТАНИЦА

Замяукали котята:
«Надоело нам мяукать!
Мы хотим, как поросята,
Хрюкать!»

А за ними и утята:
«Не желаем больше крякать!
Мы хотим, как лягушата,
Квакать!»

Свинки замяукали:
Мяу, мяу!

Кошечки захрюкали:
Хрю, хрю, хрю!

Уточки заквакали:
Ква, ква, ква!

Курочки закрякали:
Кря, кря, кря!

Воробышек прискакал
И коровой замычал:
Му-у-у!

Прибежал медведь
И давай реветь:
Ку-ка-ре-ку!

И кукушка на суку:
«Не хочу кричать куку,
Я собакою залаю:
Гав, гав, гав!»

Только заинька
Был паинька:
Не мяукал
И не хрюкал –
Под капустою лежал,
По-заячьи лопотал
И зверюшек неразумных
Уговаривал:

«Кому велено чирикать –
Не мурлыкайте!
Кому велено мурлыкать –
Не чирикайте!
Не бывать вороне коровою,
Не летать лягушатам под облаком!»

Но весёлые зверята –
Поросята, медвежата –
Пуще прежнего шалят,
Зайца слушать не хотят.

Рыбы по́ полю гуляют,
Жабы по́ небу летают,
Мыши кошку изловили,
В мышеловку посадили.

А лисички
Взяли спички,
К морю синему пошли,
Море синее зажгли.

Море пламенем горит,
Выбежал из моря кит:
«Эй, пожарные, бегите!
Помогите, помогите!»

Долго, долго крокодил
Море синее тушил
Пирогами, и блинами,
И сушёными грибами.

Прибегали два курчонка,
Поливали из бочонка.

Приплывали два ерша,
Поливали из ковша.

Прибегали лягушата,
Поливали из ушата.

Тушат, тушат – не потушат,
Заливают – не зальют.

Тут бабочка прилетала,
Крылышками помахала,
Стало море потухать –
И потухло.

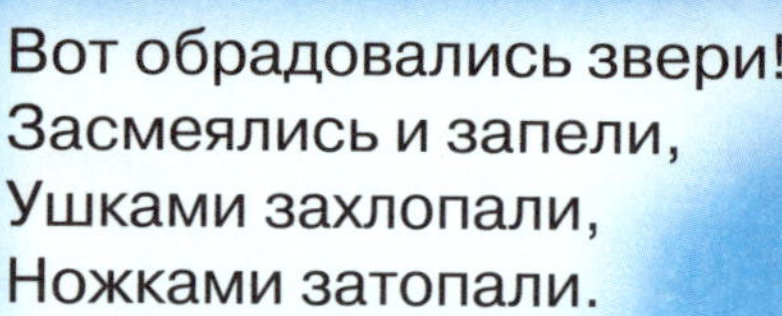

Вот обрадовались звери!
Засмеялись и запели,
Ушками захлопали,
Ножками затопали.

Гуси начали опять
По-гусиному кричать:
Га-га-га!

Кошки замурлыкали:
Мур-мур-мур!

Птицы зачирикали:
Чик-чирик!

Лошади заржали:
И-и-и!

Мухи зажужжали:
Ж-ж-ж!

Лягушата квакают:
Ква-ква-ква!

А утята крякают:
Кря-кря-кря!

Поросята хрюкают:
Хрю-хрю-хрю!

Мурочку баюкают
Милую мою:
Баюшки-баю!
Баюшки-баю!

ТОПТЫГИН
И ЛУНА

Как задумал
Медведь
На луну
Полететь:
«Словно птица, туда я вспорхну!»
Медвежата за ним:
«Полетим!
Улетим!
На Луну, на Луну, на Луну!»

Два крыла, два крыла
Им ворона
Дала, –
Два крыла
От большого орла.
А четыре крыла
Им сова
Принесла –
Воробьиных четыре крыла.

Но не может
Взлететь
Косолапый
Медведь,
Он не может,
Не может взлететь.

Он стоит
Под Луной
На поляне
Лесной, –
Косолапый
И глупый
Медведь.

И взбирается он
На большую сосну
И глядит в вышину
На Луну.

А с Луны словно мёд
На поляну течёт,
Золотой
Разливается
Мёд.

«Ах, на милой Луне
Будет весело мне
И порхать, и резвиться, и петь!
О, когда бы скорей
До Луны до моей,
До медовой Луны
Долететь!»

То одной, то другою он лапой махнёт –
И вот-вот улетит в вышину.
То одним, то другим он крылом шевельнёт
И глядит, и глядит на Луну.

А внизу
Под сосной,
На поляне
Лесной,
Ощетинившись,
Волки сидят:

«Эх ты, Мишка шальной,
Не гонись
За Луной,
Воротись, косолапый, назад!»

Содержание

Литературно-художественное издание
Для чтения взрослыми детям

Серия «10 сказок малышам»

КОРНЕЙ ЧУКОВСКИЙ

Дизайн обложки и оформление
ООО «Форпост»
*

***Редактор** Т. Рашина*
*

***Вёрстка** В. Иващенко*
*

***Корректор** В. Гетцель*

Подписано в печать 07.02.2019. Формат 70х90/16.
Бумага офсетная. Печать офсетная. Гарнитура «Школьная».
Усл. печ. л. 9,36. Заказ № 590. Тираж 10 000 экз.
Дата изготовления: март 2019 г.
ОКПД2 58.11.13
Соответствует требованиям ТР ТС 007/2011 «О безопасности продукции, предназначенной для детей и подростков»

Отдел продаж книжной продукции:
346720, Ростовская область, г. Аксай, ул. Шолохова, 1 Б;
тел./факс: 8 (863) 210-11-67, 210-11-76
«Баспа үйі «Проф-Пресс» ЖШҚ-да басып шығарылды,
346720, РО, Аксай қ., Шолохов көш., 1 Б;
тел.: 8 (863) 210-11-67, 210-11-68, 210-11-76

E-mail: book@prof-press.ru; www.prof-press.ru; knigi.prof-press.ru

Для писем:
Издательский дом «Проф-Пресс»,
344019, г. Ростов-на-Дону, а/я 5782, редакция.

vk.com/prof_press
facebook.com/id.profpress
ok.ru/profpress
instagram.com/prof__press

Изготовлено и отпечатано в России, в ООО «Издательский дом «Проф-Пресс».
Местонахождение: 346720, РФ, Ростовская обл., г. Аксай, ул. Шолохова, д. 1 Б, лит. А, оф. 1; тел.: 8 (863) 210-11-67.

Издания в интегральной обложке

- ✓ Интегральная обложка
- ✓ Матовая ламинация
- ✓ Выборочная УФ-лакировка с глиттером

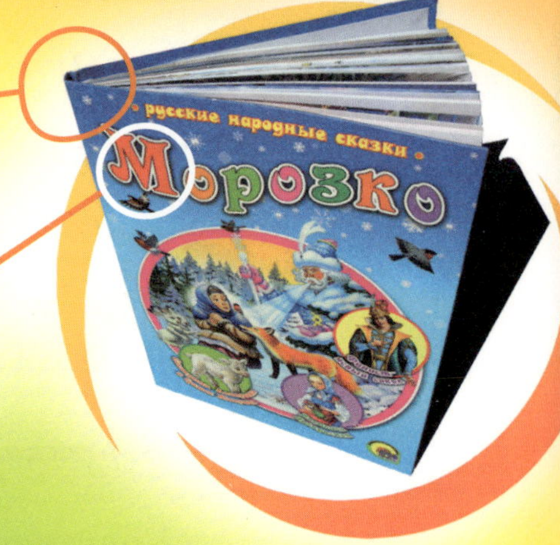

Полные юмора и глубокой народной мудрости сказки – исключительное средство для воспитания детей.

Формат: 160x220, офсет, 64 стр., интегральная обл.

Более 50 видов в серии

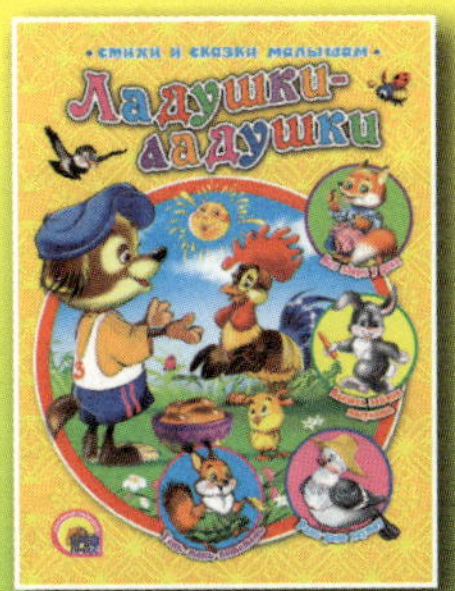

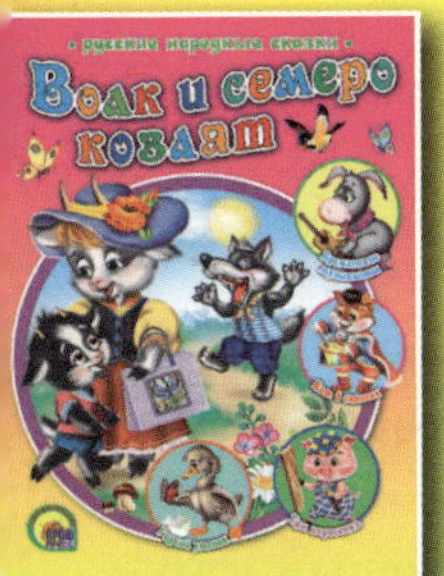

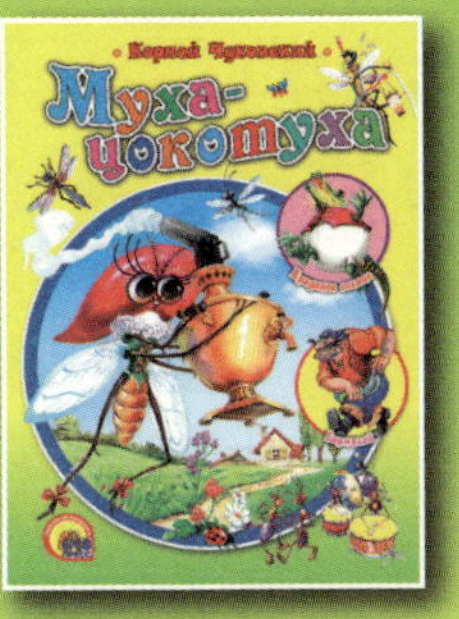

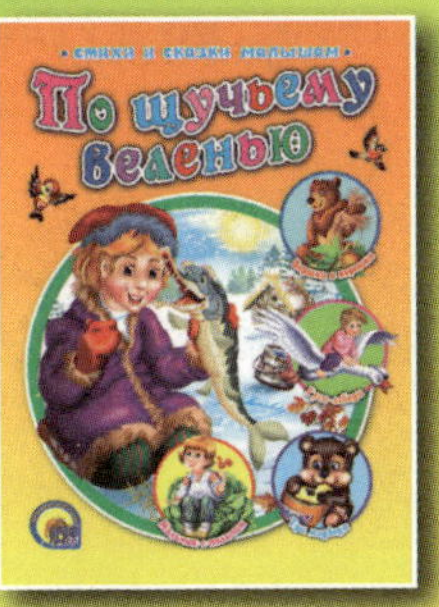

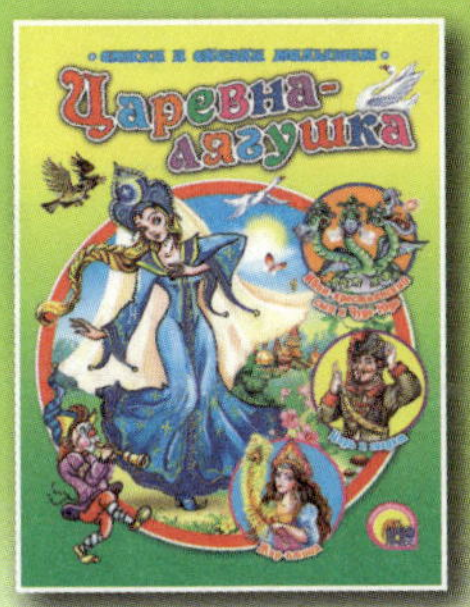